사람답게 살아가라
비록 고통스러울지라도
불의에 타협한다든가
굴복해서는 안된다!
그것은
사람이 갈 길이 아니다.

김정한 소설 핸드북 ② 옥심이

초판 1쇄 인쇄 2011년 3월 15일
초판 1쇄 발행 2011년 3월 20일

지은이   김정한
기획   (사)요산기념사업회
발간지원 (재)협성문화재단
펴낸곳   도서출판 작가마을
주소   (600-012)부산시 중구 중앙동 2가 24-3 남경빌딩 303호
        T.(051)248-4145, 2598 F.(051)248-0723
이메일   seepoet@hanmail.net

값 2,000원
ISBN 89-90438-80-8

※ 이 책의 전부 또는 일부를 이용하려면 저작권자인 (사)요산기념사업회의 동의를 얻어야 합니다.

옥심이

생전의 김정한 선생님(집필실에서)

신춘문예 당선기사와 제1회 연재분

요산 탄생 1백주년을
기념해 요산문학관
뜰에 세워진 흉상

김정한 소설가의 정신

요산문학은 강렬한 현실에 대한 증언으로 가득 차 있는 민족문학의 중심에 있습니다. 모순의 극복을 위한 출발점으로서 억압받는 인간의 고통과 그에 대한 투쟁을 드러내는 것이 요산문학의 민족적 위기의식을 담고 있는 것으로 일제의 압박이라는 현실을 감안하면 불굴의 자의식 없이는 쓸 수 없는 일입니다. 그의 소설은 1930년대 프로문학 계열의 농민소설과도 일정하게 구별됩니다. 철저한 민족의식은 단지 농촌사회에 대해서 뿐만 아니라 도시 속에서의 모순적인 삶에까지 그 증언의 폭을 넓힘으로서 당대의 본질적 모순을 포착할 수 있게 해주고 나아가 현재의 역사의식을 계발해 준 것입니다.

요산문학은 1950년대 이후 우리 문학사에서 실종되었던 민족적 삶의 문제를 1960년대 이후 복원함으로써 우리 문학의 중심 회복을 가능케 했으며 민족문학론이라는 문학사의 중심언술을 가능하게 만들었습니다.

옥심이

『朝鮮日報』1936. 6. 18 ~ 7. 1.

1

봄은 고양이처럼 옥심의 귀천 없는 마음 속에도 기어들었다. 시아버지의 말림도 듣지 않고 자진해서 나온 일이나마 도무지 낙이 붙지 않을뿐[더러] 이따금 미친 피가 전신을 욱신욱신 쑤시고 두 귀가 절로 멍해지며 —— 마음은 한층 더 걷잡을 수 없이 뒤설레었다.

"후유 ——."

그네는 자갈을 파다 말고 옹송그렸던 허리를 펴며 헛되이 긴 한숨을 뽑는다. 그리고 우두커니 서서 한참 동안 내 아래편을 바라보다가는 불시에 수줍은 생각이 들었던지 다시 그 자리에 옴츠리고 앉는다. 그러나 눈은 역시 흘금흘금 그쪽으로만 끌렸다.

"어이경, 치영 치영, 응차 차야……."

거기서는 소 같은 사내들이 둘씩 둘씩 짝을 지어서 목도를 메고 지나간다. 비틀비틀 어설픈 다리들이 어지러운

*옹송그리다 : 춥거나 두려워 몸을 궁상맞게 몹시 웅그리다.
*참바 : 삼이나 칡 따위로 세 가닥을 지어 굵다랗게 드린 줄.
*목도 : 두 사람 이상이 짝이 되어, 무거운 물건이나 돌덩이를 얽어맨 밧줄에 몽둥이를 꿰어 어깨에 메고 나르는 일.

돌 사이를 공교롭게 빠져 나간다. 낡은 참바로써 느지막하게 얽맨 차돌이, 새로 깨뜨려진 시퍼런 모서리로써, 해어진 감발에 가까스로 싸인 뼈다리를 아찔하게 받아줄 때마다 목도 소리는 더욱 급해진다.

"아차 차 차, 차양 차양……."

그들의 잦은 숨결이, 마치 기관차의 피스톤처럼 헐떡인다. 황톳물 든 옥양목 봄사리의 잔등이 땀기름에 흠뻑 젖고, 불쑥 두드러진 어깨 위에는 매끄럽게 닳은 목도채가 삐걱삐걱 ──. 이리하여 그 한산인부들은, 무거운 돌덩이와 함께 〈도로〉가 기다리는 곳으로 움직여 간다.

"차양 ── 놓고" 소리가 바쁘게, 돌은 다시 실한 〈도로〉 위에 실리고 〈도로〉는 풀죽은 농민들의 손에 밀려 끼익 소리를 길게 내며 냇가를 떠나 카아브진 비탈을 더위잡는다. 쑥대강이를 수그리고 배때기가 땅에 닿도록 안간힘을 쓰는 농민들의 넓적한 볼기짝들이 기름을 짜듯이

*감발 : 발감개. 버선이나 양말 대신 발에 감는 좁고 긴 무명천. 주로 먼 길을 걷거나 막일을 할 때 쓴다.
*봄사리 : 봄살이. 봄철에 먹고 입고 지낼 양식이나 옷가지들을 통틀어 이르는 말.
*더위잡다 : 더위잡다. 높은 데 오르려고 무엇을 끌어 잡다.
*목도채 : 목도를 할 때 짐을 걸어서 어깨에 메는 굵은 막대기.

우습게 삐죽거렸다.

옥심이는, 아니 다른 여자들도 그 꼴을 보고는 한참 동안 킥킥거린다.

"그놈의 궁둥이를 참 아깝게 흔뎅거린다."

다 늙은 만두 할멈도 오그랑쪽박 상에 웃음을 담으며 봄다운 농담을 하였다. 그러나 그의 호미는 결코 쉬지를 않았다.

〈도로〉가 향해 가는 두미산 중턱 —— 띠를 두른 듯이 황토가 벌겋게 드러난 곳이 백암사로 통하는 신작로 공사장이다. 거기서도 흰 옷을 입은 농민들이, 카아키빛 양복의 감독과 십장들의 매에 쫓겨 물 만난 개미 떼처럼 이리저리 허덕인다.

"언제나 끝이 날 겐지?"

"누가 안담? 똥개한테나 물어보우."

여자들은 다시 우물공사 격으로 게걸거리며, 길바닥에 깔 자갈만 판다.

---

*십장 : 1.일꾼들을 감독 · 지시하는 우두머리. 2.〈역사〉병졸 열 사람의 우두머리.

“에그 참, 이 바쁜 철에 이게 무슨 짓일까?”

“글쎄 말야. 남 보리밭도 못 매게…….”

그들은 모두 부역을 나온 백암사 소작인들의 아내와 어머니들이었다. 역사가 길고 돈 많고 산수 좋기로 유명한 백암사에서는, 자동차의 통래가 자유롭도록 봄 들자 이 공사를 시작했다. —— 그래서 소작인들에게 무리한 부역을 통고하고 똥개란 별명을 가진 거머무트름한 청부업자에게 일을 맡겼던 것이다. 청부업자 측에서는 삵전 안 드는 이 순쩍 백성들을 혹독한 물매로써 눈도 못 뜨게 뒤볶아 댔다.

바람이 불려거든 지전 바람이 불고
풍년이 지려거든 처자 풍년이 지거라.

아까 가던 〈도로〉가 어느새 애처로운 아리랑을 바꿔 싣고 화살같이 비탈길을 내려쏜다.

“수복 어머니!”

*흔뎅거리다 : 큰 물체가 위태롭게 매달려 자꾸 흔들리다.
*오그랑쪽박 : 1) 시들어서 쪼그라진 작은 박. 2) 규모나 형세가 형편없이 된 상태를 비유적으로 이르는 말.
*우물공사 : 공동 우물 같은 곳에서 물을 긷거나 빨래 따위를 하면서 잡담을 즐기는 일을 비유적으로 이르는 말.
*게걸거리다 : 상스러운 말로 소리를 지르며 불평스럽게 자꾸 떠들다.

만두 할멈은 별안간 무슨 생각이 난 듯이 옥심이를 건너다보았다.

"왜요?"

옥심이도 호미를 쥔 채 머리를 들었다. 여자 스물여섯 살이면 한창 사랑의 진미를 알 때이겠지만, 있어도 오히려 없는 것만 못한 사내 밑이라, 해말쑥한 얼굴에는 수심기만이 사무쳤다.

"글쎄, 수복 어머니는 이대로 그만 늙을 텐가?"

만두 할멈은 오그랑쪽박 상에 이상한 웃음을 담았다.

"왜요 ── ?"

옥심이는 그네의 뜻밖에 소리에도 어여쁜 보조개에 한갓 파리한 웃음만 지어보일 따름이다.

"왜라니? 이 늙은 것도 봄철이 돌아오면 그저 공연히 마음이 뒤숭숭해지는 때가 많은데, 글쎄 젊은 청춘으로서 어떻게 한해 두해도 아니고 온……."

"그것 다 팔짠 걸 어떻게요?"

---

*거머무트름하다 : 얼굴이 거무스름하고 투실투실하다.
*순쩍 백성 : 순적 백성. 중국 고대 순임금 때의 백성이란 뜻으로, 착하고 어진 백성을 이르는 말.
*물매 : 뭇매. 모둠매. 여기서는 한 사람이 여러 개로 많이 때리는 매.
*해말쑥하다 : 살빛이 희고 말쑥하다.

마지못해서 하는 옥심의 대답.

"팔짜?"

"………."

"흥 팔짜란 게 다 뭐유? 고치면 그것도 팔짜라우. 나 같은 바보가 못 고쳤지…… 참 지낸 일 생각하면——."

하고 만두 할멈은 잠깐 한숨을 쉬고 나더니,

"수절이니 의리니, 그것 다 소용 없소. 쉬운 말로, 누가 열여덟부터 오늘날까지 과부로 늙은 날 위해 열녀비 세워줍디까? 그까짓 것 또 세워준들 뭘 하우. 비석에서 밥 아니 나올 바에야. 어쨌든 세상 따라 사는 것이 제일이요. 백암사 주지 보시요. 계집이 몇이나 돼도 산중에선 그래도 산부처님이니 뭐니 해서 떠받들고 주지 노릇만 땅땅 잘 해 먹지 않수."

옥심이가 연해 말이 없는 것을 보고 만두 할멈은 짜장 갑갑한 듯이,

"이런 말 하는 것이 괜히 수복 어머니의 마음만 더

---

*짜장 : 과연 정말로.
*감감 : 멀어서 아득한 모양.

어지럽게 하는 것 같소마는, 수복 어머니 일이 마치 지내온 내 일같이 앞이 감감해서 하는 말이요. 인생이 두 번 있는 게 아니고, 또 여자같이 어리석은 게 없소. 아니 할 말로 수복 어머니가 그렇게 되고 수복 아버지가 성해보슈만 여태 그냥 있었겠소? 아무리 속아 사는 인생이라 해도, 알고서 속는 건 어리석은 짓이지 뭐유?”

만두 할멈의 쪼그라진 웃음 주름에는, 자기와 비슷한 길을 밟으려는 여인에게 대한 동정의 쓰디쓴 빛이 깊이 아로새겨져 있었다.

옥심이는 그러지 않아도 울가망하던 속이 한결 산란해졌다. 대소쿠리에 자갈을 반 남아 담아 들고, 게다리 걸음으로 타박타박 〈도로〉 곁으로 아기작거려 가는 만두 할멈의 뒷모습을 바라보다가는 불현듯 몸서리를 친다. 고대 닥쳐올 자기의 신세 같아서. 이윽고 그네는 남모르게 손등으로 눈물을 씻고, 수건을 더욱 숙게 내려 썼다.

‘만두 할멈 말마따나 내가 참 어리석지! 속담에 젖먹이

---

*아기작거리다 : 작은 몸집으로 팔다리를 부자연스럽게 움직이며 천천히 걷다.　　*고대 : 이제 막. 바로 곧.
*숙게 : 숙다. 앞으로나 한쪽으로 기울어지다.
*발록구니 : 하는 일이 없이 놀면서 돌아다니는 사람.
*울가망하다 : 근심스럽거나 답답하여 기분이 나지 않는 상태이다.

두고 가는 년은 자국마다 피가 맺힌다고 하지만 수복이도 인제 그만큼 자랐으니, 어미 없어도…… 그것도 모두 제 팔짜, ——그만 어제 그 안십장의 말을 들을까……?'

옥심이는 마침내 이런 생각에 사로잡혔다. 안십장이란 사람은 친정곳 사람으로서, 일찍이 사방공사 품팔이를 다니더니, 그만 그 길로 미끄러져서 한산인부가 되어 고향을 등진 발록구니다.

"야아, 이거 어찐 일이오? 당신이 여기 나와 있을 줄야!"

안십장이 아무 거리낌 없이 놀랄 때, 옥심이는 어쩐지 부끄러우면서도 일변은 반가웠다.

"시집살이가 매우 고달프지요? 소문은 풍편에 더러 들었소만 ——."

안십장은 마치 친오빠나 되는 듯이 위로조로 말을 꺼냈으나 주체스럽게 말끝을 이상하게 돌리고 돌아갔다.

'과연 그이가 정말 그런 생각을 가졌다면……'

옥심의 마음은 연방 들떴다. 부서진 뱃바닥에 물결이

스미어 들듯이 옥심의 의지가없는 가슴에는, 안에게 대한
야릇한 생각이 점점 깊게 파고들었다.

2

떼떼떼떼……!

두미산 중턱에 자리 잡은, 흰 천막의 공사 사무소 앞에서
종소리가 요란스럽게 울리자, 고대하던 점심시간. 냇가의
깎아지른 듯한 언덕 위에서, 안십장의 "시마이!" 소리가
떨어지기가 바쁘게, 석수장이들은 뚫어 둔 바위 구멍에
화약을 집어넣고, 여자들은 부리나케 손발을 씻고는
사뿐사뿐 징검다리를 건너간다. 옥심이도 치맛자락을
걷어쥐고, 유달리 흰 종아리를 조심스럽게 끼우둥거렸다.

"빨리들 피하시오!"

하고, 석수장이들도 범을 본 사람처럼 돌아도 안 보고 내
건너편으로 달아난다.

여자들이 시내 이쪽 언덕 위에 피해 와서, 더러는 어린것을 받아서 젖을 빨리고, 더러는 굳어진 강보리밥 수건을 펴랄 때, 남포는 우람스럽게 터졌다.

꽝——! 꽝——!

벼락 치듯 한 소리를 내며 바위가 깨부서진다. 산기슭 꿩새끼란 놈이 장난하다가 들킨 남녀처럼 깜짝 놀라며 푸드득 꿩꿩, 어미 품에서 젖을 빨던 어린것도 금시에 빨간 혀끝을 떨며 놀란 소리를 빼 — 지르고, 여자들은 일제히 눈을 두릿거린다. —— 아름이 넘는 돌덩이들이 사뭇 공중제비를 넘어 철버덩철버덩 냇물을 치고, 부서진 돌조각들이 놀란 종달새처럼 튀어 솟구치고 나면, 아지랑이 낀 먼산이 한참씩 와르르 운다.

남포질이 끝난 다음에, 여자들은 비로소 안심하고 밥주머니를 끌렀다. 누르퉁퉁한 강보리밥들! 그러나 그들은 맛나게 먹었다. 만두 할멈은 이도 없는 입을 오물오물 —— 오그랑쪽박 상을 우습게 실룩거렸다. 마치 얼굴로써 음식을

***강보리밥** : 꽁보리밥.　　***남포** : 도화선 장치를 하여 폭발시킬 수 있게 만든 다이너마이트.
***두릿거리다** : 두리번거리다.
***아름** : 두 팔을 둥글게 모아서 만든 둘레.

씹기나 하는 듯이. 옥심이도 강보리밥 먹기에는 아까울 만큼 흰 이빨로써 술 끝에 꿰든 장아찌를 진득진득 물어 떼었다.

그럴 때 마침, 신록이 자욱한 백암사 골짜구니에서 시커먼 귀신까마귀 너덧 마리가 떼를 지어 날아 나와 여자들의 머리 위를 빙 —— 한 바퀴 돌더니, 다시 깊숙한 그 절골로 나래를 돌렸다. 어찌 보면 그들을 비웃는 것도 같고, 어찌 보면 그들로부터 그 엄청난 강보리밥 한 주먹조차 마저 뺏으려는 듯이.

"망할 놈의 까마귀들! 오늘도 또 재수는 없어 났겠지."

"글쎄 말야. 그 음흉한 놈의 짐승들이 왜 하필 남 밥 먹는데 와서 그 요망을 떨고 간담!"

여자들은 입을 씻으며 옹알거렸다.

"산골에서 배웠을 테지."

"참 그럴 말이 아니라, 난 정말 저놈의 짐승만 보면 이내 중 생각이 나겠지."

*진득진득 : 성질이나 행동이 매우 검질기게 끈기가 있는 모양.
*나래 : '날개'의 지역말.

"생각나거든 살러 가지."

만두 할멈도 한마디 비쭉했다.

"애구 징글징글해! 누가 그 짓을 해요. 어떤 년들은 그래도 본서방을랑 다 된 헌신짝 차 던지듯이 차버리고 중서방을 널름널름 잘도 얻어 갑디다만, 그게 어디 사람일까요? 더러운 년들!"

"그래도 요즘 중마누라만큼 편한 팔짜가 또 있다구요? 아주 바로 부처님보다 더 높게 떠받들어 주는 걸 뭐."

"그야 그렇지요. 그러니 년들이 아주 기가 펄펄허잖수."

"그럴 말이 아니라, 세상이 아주 뒤집혔지. 내가 이 수복 어머니만한 나일 때만 해도 중들이 그저, 속인만 보면 허리가 동강이 나도록 굽신거렸고, 또 그때야 웬걸 중에게 논밭이란 것이 있었다구."

만두 할멈은 잠깐 생각에 잠기는 듯하더니,

"……그렇던 것이 오늘날에 와서는 두미산 밑 넓은 들판이 거의 다 중의 토지가 됐거던. 그나 그뿐인가,

요즘에는 되려 중을 보고 코가 땅에 닿도록 대강이를 숙여야만, 이 엄청난 보리밥 한 덩어리라도 겨우 얻어먹을 둥 말 둥 하단 말야. 아주 영 처자 사타구니에 불알 나게 변했지. 수복 어머니가 지금 내만 나이 될 때는 또 얼마나 변할는지?"

만두 할멈은 힘없는 한숨을 길게 뽑으면서, 뼈만 남은 주먹을 뒤로 돌리더니, 꼬부라진 허릿통을 톡톡 쳐 댔다.

옥심이는 곁사람의 말은 듣는 체 마는 체, 파란 잔디 위에 나른한 다리를 내던져 놓고는, 우두커니 저편 보리밭 쪽만을 바라보았다. 그 사래 긴 밭에서는 자기와 같은 젊은 여인들이며 새파란 처녀들이 김을 매느라고 한창이다. 무럭무럭 자란 보리줄을 걸타고 버틴 그들의 건강한 다리들. 더구나 갈매빛 홑치마가 얇게 착 감긴 동그레한 엉덩이 위에 빨간 댕기가 아기자기하게 빛나는 광경은 그림과 같이 예뻤다. 그들은 아무 시름없는 자연의 딸처럼, 종달새같이 즐겁게 재잘거렸다. 더구나 처녀들의 거침없는

*걸타고 : 걸쳐 타고.
*갈매빛 : 갈매색. 짙은 초록 색.

웃음은 하늘같이 맑고 깨끗하게 울렸다.

옥심이는 문득 지나간 자기 일이 생각났다. 자기에게도 그러한 황홀한 시절이 있었던 것이다. 가슴 속에 야릇한 꿈을 품고, 피어나는 꽃을 보아도 수줍은 생각이 들던 시절이. —— 그렇다. 저렇게 동무들과 밭을 맬라치면, 안도령(지금의 안십장) 따위가 몇 번이나 "아이구 죽겠네!" 하면서, 반도 못 찬 모풀 바지게를 느직하게 끼우뚱거리며 지나갔던 것이었다.

그렇던 것이 〈첫날밤〉이란 하룻밤을 자고부터는 세상이 차차 달라지고, 한 겹 두 겹 꿈이 벗겨지고…… 그리하여 수복이를 낳은 뒤로는 지금과 같은 신세 —— 봄도 도리어 원수, 산다는 낙이라고는 털끝만치도 없게 되었다.

생각에 잠긴 채, 옥심의 눈은 절로절로, 멀리 뵈는 자기 동네 앞, 냇가의 조그만 오막살이로 돌아갔다.

'어서 죽기나 했으면……!'

문득 이런 생각이 들었다가, 그네는 별안간 큰 죄나 지은

---

*모풀 : 못자리에 거름으로 넣는 풀.
*바지게 : 발채를 얹은 지게.

듯이 두 눈에 눈물을 그렁그렁 담았다. 그리고, 분홍 저고리의 옷고름을 들어 눈물을 씻으려니, 눈물이 제 먼저 남색 끝동에 뚜덕뚜덕 얼룩을 지었다.

3

옥심이가 그날 일을 마치고 집으로 돌아온 때는 벌써 날이 저문 뒤라, 물 한 동이도 반반히 못 이는 두 시누이가 저녁밥을 짓노라고 굴속 같은 부엌에서 괴 싸우듯이 앙알거리고 있었다. 옥심이는 부리나케 그 일을 안아맡아서, 밥을 잦힌다, 쑥국 간을 본다 해서, 제 딴에 있는 솜씨 없는 재주 다 내가며 정성껏 얼버무려, 앓는 시어머니께 상을 드리고, 철부지한 시뉘 동생들의 밥까지 낱낱이 날라 주고는, 겨우 마음이 놓이는 듯이 불도 아니 켠 부엌으로 돌아와서, 몽당 비짜리를 깔고 아궁이를 향해

***끝동** : 여자의 저고리 소맷부리에 댄 다른 색의 천.
***괴** : '고양이'의 지역말.
***앙알거리다** : 윗사람에 대하여 조금 원망스럽게 자꾸 입속말로 군소리를 하다

앉았다. 그러니 밥술 뜰 염은 반점도 없었다.

미상불 배도 고프고 목도 말랐으나 그것도 다 귀찮아, 바로 눈 앞에 있는 따뜻한 물 한 모금도 마시지 않고 —— 그렇게 우거지상을 하고 앉아 있을 때에, 방 안에서는 그래도 서로 잘 먹고 살려고들 야단이다. —— 간장에 밥티를 넣었느니, 내 국을 왜 떠먹었느니, 저쪽으로 내켜 앉으라느니 어쩌느니. 그리다가 수복이가 또 빼 — 울고, 잇달아 시어머니의 "아서라, 그 소리 듣기 싫다!" 하는 날카로운 핀잔 소리가 들리자, 옥심의 썩다 남은 가슴 속이 또 한번 대못을 처박듯이 쓰라렸다.

이러한 난리를 겪은 옥심이는, 밥 한술 입에 떠 넣지도 못하고, 남 먹은 그릇만 차곡차곡 가시어 뒤폐없이 살강에 설겆고 나니, 그제야 마침 사립 앞에서 시아버지의 기침소리가 어험, 하고 들렸다.

"아버님 이제 돌아오십니까?"

어느덧 부엌에서 나선 인사였다.

---

*__우거지상__ : 잔뜩 찌푸린 얼굴의 모양을 속되게 이르는 말.
*__뒤폐없이__ : 여기서는 '정신없이'라는 뜻인 듯.
*__설겆고__ : 설거지하고.　　*__비짜리__ : '비'의 경상도 방언.
*__미상불__ : 아닌 게 아니라 과연.

"오냐. 넌 벌써 왔니? 고단허지?"

부드러운 말소리였다.

"삯 밭매기보다 어때?"

"괜찮아요."

"응. ——그런데, 왜 불도 안 켜놓고 그러니? 인제 설겆이냐?"

"다 했습니다."

"자, 이것 받아."

시아버지는 무슨 종이 뭉텅이를 내주며 옥심의 귀에 입을 갖다 대더니, 나지막한 소리로써 살짝 "약— 약이다." 하고는 방으로 들어갔다.

"수복이 오늘 잘 놀았나?"

하는 소리가 뒤미처 들렸다.

옥심이는 아무리 속이 상하고 답답할 때라도, 이 시아버지의 말씀만 들으면 햇빛에 눈 녹듯이 그 자리에서 속이 고대 풀어지는 것 같았다. 그네는 냉큼 시아버지의

*삯 : 1.일한 데 대한 품값으로 주는 돈이나 물건. 2.어떤 물건이나 시설을 이용하고 주는 돈.

밥상을 갖다 드리고, 다시 부엌으로 돌아와서, 신문지로
두텁게 봉해 둔 바라지 문턱에 귀를 가지고 갔다.

"왜 인제 와요?"

시어머니의 꼬집는 듯한 소리가 들렸다. 시아버지는
젓가락 소리만 딸각거릴 뿐, 아무런 대답이 없다.

"어디서 놀았소?"

"………."

"왜 암말도 안 해요? 종일토록 뭘 했소?"

"이거 왜 남 밥도 못 먹게 이 지랄이냐? 인제 좀 살
만한가부다."

시아버지는 마지못해 입을 뗀다.

"뭐가 살 만해요? 남 죽는 줄도 모르고, 어디를 그렇게
싸다니며 놀아요?"

"놀긴 누가 놀아? 너가 밤낮없이 자빠져 누웠지!"

"안 놀면 그럼 무얼 했소? 이 어린것들을 모풀 캐라고
내쫓아 놓고, 참 기가 막혀서 온!"

***바라지** : 1) 방에 햇빛을 들게 하려고 벽의 위쪽에 낸 작은 창. 쌍바라지, 약계바라지 따위가 있다. 2) 누각 따위의 벽
위쪽에 바라보기 좋게 뚫은 창.

“……….”

“대관절 어디 갔다 왔소?”

“약 지으러.”

“약은 어디 있나요?”

“쳇! 누가 네 약 지어 왔을 줄 아니?”

“만첩 써야 안 낫는 그놈의 병에 또 무슨 약을 지었소? 돈이 곧 썩었지 썩어! 아이구, 그놈 얼른 죽지도 않고…… 돈은 또 웬 돈이 있었소?”

시어머니는 연방 더 앙알거렸다.

“빚 냈지.”

“흥! 인젠 또 작은 딸년을 마저 팔아먹겠군. 큰년은 공장에 팔더니, 이것들은 어디 팔겠고.”

“……….”

“어쩌자구 빚은 자꾸 그리 내 쓰우? 어떤 눈 빠진 놈이 뭘 보구 또 빚은 주는지 온……!”

“……….”

"뭘 가지구 갚으려우?"

"인젠 못 갚지. 저승에 가서 혹 잘살게 되면 몰라도……."

"참 속도 태평이다. 저러니까 사람들이 모두 순님금이라고들 놀리겠지. 그 빚 내느니 외상 비료나 좀 얻어 올 것 아니요."

"아니, 참 그럴 말이 아니라, 오늘 백암사 농사조합에도 가 봤는데 나헌테는 비료 대부 못 허겠다고 허더군. 무슨 심본지 온……."

"뭐요? 비료 대부를 못 하겠다구요. 왜 그럴까요──?"

시어머니는 어지간히 놀란다.

"모르지. 중의 속 누가 안담?"

"또 논 떼어 갈 심보가 아니겠소?"

"그럴는지도 모르지."

시아버지는 남의 일같이 신풍스럽게 말했다.

"아이구, 그럴 게유. 그래요. 또바위네도 논 떼일 때 그리드라우. 인제 큰일 났소, 큰일 나!"

---

*신풍스럽다 : 신청부같다. 1) 근심 걱정이 너무 많아서 사소한 일을 돌아볼 여유가 없다. 2) 사물이 너무 적거나 모자라서 마음에 차지 아니하다.
*순님금 : 순임금.중국 태고(太古)의 천자 '순'(舜)을 임금으로 받들어 이르는 말.

“…….”

“아이구, 모두가 천수 그놈 죄지! 병신 자식 둔 죄지. 그놈만 아니더면 이집, 살림이 이다지는 안 망했을 게고, 딸자식도 공장에는 안 보냈을 게고…… 그놈 한 놈 바람에 인제 이 집안이 씨도 손도 없이 다 망하고 말 거유. 아이구 더런 놈 얼른 죽지도 않고…… 원수 원수 그런 원수가 또 있을까……?”

“거 무슨 소리냐? 요망스럽게!”

시아버지는 끊일 줄 모르고 종종거리는 아내를 낯이 없게 퉁 쏘아 주고는, 쓴 혀를 두어 번 끌끌 차더니 곰방대를 툭툭툭 떨어 댔다.

숨을 죽여 가며 듣고 있던 옥심이는 겨우 정신을 가다듬고 부엌을 나왔다. 그날 밤이 새도록 그네는 잠 한숨을 이루지 못했다.

***종종거리다** : 원망하듯 남이 알아들을 수 없는 군소리로 자꾸 종알거리다.
***퉁** : 퉁명스러운 핀잔.

4

사흘날로써 옥심의 집 부역은 마지막이었다. 그네는 안십장의 호의로써 다행히 꾸지람 한 마디도 듣지 않고 일을 마쳤다. 물론 그 대신 그보다 못지않게 마음 괴로운 바야 있었지만. 그리고 그것이 옥심이로 하여금 일을 마쳤다는 것이 기쁘다기보다 오히려 저으기 섭섭한 생각까지 가지게 하였다.

'내가 웅천이 아닐까……?'

옥심이는 은근히 무슨 말이 있기를 기다리는 듯한 안의 앞을 잠자코 떠났을 때, 이런 생각을 아니 할 수가 없었다. 안의 그 적적한 눈매를 못 잊어 하면서. 그래서 그네는 다시 꿩 잃은 매같이 되어, 그날 저녁에도 병든 남편에게 밥을 가져다주고 흐느적흐느적 집으로 돌아올 때였다. 막 동네 앞 돌다리를 건너려니,

"옥심이!"

*웅천 : 마음이 들뜨고 허황된 사람을 이르는 말.

하고, 뒤에서 누가 불렀다.

오랫동안 안 불리던 이름일뿐더러, 때가 때요, 또 장소가 장소인 만큼, 옥심이는 도깨비나 만난 듯이 머리끝이 쭈뼛하고, 등줄기가 선득하여 발이 땅에 붙었다. 그리고 가슴 속이 쌍방망이를 치듯이 두근거렸다.

"옥심이! 놀랄 것 없소. 내요!"

두 번째의 소리에 옥심이는 겨우 뒤를 돌아보았다. ── 목소리도 더러 듣던 소리거니와, 훌쭉한 키에 꾸겨진 나까오리[중절모]를 푹 눌러쓴 꼴이, 달빛에 얼핏 보아도 안십장이 분명했다. 그는 뚜벅뚜벅 옥심의 곁에 가까이 오더니,

"놀랐죠?"

옥심이도 그제야 마음을 놓고,

"그럼요. 놀라잖구!"

"잠깐 헐 말이 있어서 ──."

안은 바쁘게 눈짓을 하고서 서슴없이 돌아선다. 할 말이 어떠한 것인지 옥심이도 대강 짐작은 했지만 망설일 새도

없는지라 못 이기는 척하고 안을 따라섰다. 안은 도깨비처럼 암말도 없이 시내 위쪽을 향해서 성큼성큼 발을 바삐 떼어 놓았다. 옥심이 역시 귀신에게라도 홀린 듯이 사박사박 모래를 밟으면서 잠자코 그의 뒤만 따라갔다.

그들은 한참 동안 밋밋한 포푸라 그늘을 지나고, 자갈밭을 갸우뚱거리고, 큼직큼직한 돌 사이를 더듬어 나가서 마침내 높다란 낭떠러지 밑에 다다랐다. 그 가파른 절벽 밑에서, 냇물은 비로소 강물처럼 커다란 굽이를 지우며 빙 감돌아 흐른다. 벌써 돌다리는 보이지 않고, 거기서는 비록 어떠한 일이 일어나더라도, 볼 사람 들을 사람 있을 리 없었다.

"저기가 좋겠죠."

안은 옥심이를 데리고 바로 절벽 밑으로 갔다. 그리고 그들은 겨우 무거운 짐을 벗은 듯이 은가루 같은 세모래 위에 두 다리를 쭉 뻗고 나란히 앉았다. 그러나 옥심의 가슴은 새삼스럽게 뛰기 시작했다. 하긴 여태 외간남자와는 서로 말도 가까이 잘 못해 본 그네였던 만큼 아무리 어릴 때

한 동네에서 같이 자라난 안이기로서니 그러한 곳에서, 더구나 아닌 밤중에 같이 앉게 되고서야 부끄러운 정과 두려운 생각이 복받치지 않을 수 없었다.

"옥심이!"

안은 비로소 말소릴 높였다.

"나를 미친 사람으로 생각허실 테죠?"

안은 짐짓 예사로운 태도로 말을 꺼냈다. 옥심이는 여전히 침 먹은 지네처럼 말문이 열리지 않았다.

"옥심이도 잘 알듯이 난 원래 배운 데 없는 만무방이고, 이놈의 팔뚝밖에는 아무것도 가진 것 없는 맨털털이지만, 남을 속이거나 해치는 허릅숭이는 아니요."

안은 상일로만 닦인 사람이라, 말씨는 그리 부드럽지는 못해도, 결코 우악스럽거나 음충맞지는 않았다. 그는 옥심이를 안심시키려는 듯이,

"당신도 물론 세상일이란 것을 잘 짐작했을 테지만, 나도 거친 일을 해오면서 근 십 년 동안이나 말 갈 데 소 갈 데 다

---

*침 먹은 지네 : 할 말이 있어도 못하고 있거나 겁이 나서 기를 펴지 못하고 꼼짝 못하는 사람을 비유적으로 이르는 말.
*만무방 : 1) 염치가 없이 막된 사람. 2) 아무렇게나 생긴 사람.　　*맨털털이 : 매나니. 여기서는 가진 것이 없는 맨손뿐인 것.　　*허릅숭이 : 일을 실답게 하지 못하는 사람을 낮잡아 이르는 말.
*상일 : 별로 기술이 필요하지 않은 막일.　　*음충맞다 : 성질이 매우 음충한 데가 있다.

찾아다니며, 입이 쓰도록 이놈의 세상맛을 보아왔소. ——
결코 장난으로 아무 주책없이 옥심씨를 성가시게 하는 게
아니요. 그리 생각하시고, 옥심씨도 옛날 우리 커날 때
모양으로, 가림 없이 얘길 좀 해봐요.”

안은 그제야 나까오리 앞전을 약간 밀어 올리며 마음을
늦추었다. 그러나 옥심이는 연방 더 아미를 숙였다.

무거운 침묵이 시작되었다. 냇물은 달빛을 가득 실은 채
커다란 파문을 지으며 빙빙 감돌아들고, 젊은 남녀의 가슴
속은 가물에 물 잦아지듯 바작바작 졸려 들었다. 이따금
호젓한 밤바람이 화석같이 잠자코 앉은 그들을 마치
달래기나 하듯이 신선한 들향기를 흐뭇이 뿜어 주며 스쳐
가나, 겨우 옥심의 흰 목덜미 위에 처진 고수머리카락만이
잠깐 설레일 따름 침묵은 계속되었다.

이윽고 안은 무슨 결심을 한 듯이 물 위로부터 시선을
돌리며, 침착한 어조로써, “옥심이!” 하고 입을 먼저
떼었다.

---

*아미를 숙이다 : 여자가 다소곳이 머리를 숙이다.
*가물 : 가뭄.
*고수머리 : 곱슬머리.

"나를 따르기가 싫습니까? 싫거든 싫다고 말씀해 줘요. 우린 천성이 긴 이야기는 헐 줄 모르니까요."

맺고 끊는 듯한 말쪼였다.

"생각은 있더라도……."

옥심이도 박부득이 모기만 한 소리로 입을 떼긴 했으나 끝을 맺지 못했다. 안은 그 말에 힘을 얻은 듯이,

"생각은 있더라도…… 어떻단 말씀이요?"

덩달아 물었다.

"걸리는 게 많아서……."

"뭐가 그렇게 맘에 걸리우? 그 모양 돼서 누운 남편이?"

"그것도 그렇지만, 그보다 어린걸 어떻게 떼 놓겠어요?"

옥심의 말은 어느덧 눈물에 젖기 시작했다.

"그야 그럴 거요. 나도 옥심의 마음 속을 모르는 바는 아니오만, 당신의 처지가 하도 딱해서 하는 말이요. 초로 같은 한평생을 어찌 그리 허무하게 버리려 하오? 구구히 맘에 낄 필요가 없다고 생각해요. 당신같이 마음이 고운

---

*박부득이 : [迫不得已] 일이 매우 급하게 닥쳐와서 어찌할 수 없이.

사람이길래 여태 붙어 있었지, 웬만한 여자 같아 보시오. 벌써 무슨 탈이 나잖았는가? 열녀니 뭐니 하는 것도 거 다 옛날 얘기지요. 지금 시대에 맞지 않는 소리. 그야 당신의 남편이 다른 병 같으면 당신이 꿈엔들 그러한 생각을 가지며, 낸들 또 감히 그러한 죄될 엄두를 내겠어요."

안은 토정을 시작하였다.

"—— 병이 병인 만큼, 당신이 친가에 와 있던 그해 —— 아마 재작년이지요 —— 그때부터 나는 그런 생각을 내봤어요. 뭐 너무 그리 꼼꼼스럽게 생각할 필요는 없어요. 그야 옥심씨의 말과 같이 어린것 하나가 몹시 걸릴게요마는, 그건 그래도 조부모가 있고 하니, 제대로 다 자라날 것 아니요?"

옥심이도 문득 안에게 손목을 잡힌 줄은 물론 알았지만, 구태여 빼려고 하지 않았다.

"따라가시겠죠?"

안은 처음으로 금니를 엿보이며 빙그레 웃었다. 그리고

---

*구구히 : 구구(區區)하다. 잘고 많아서 일일이 언급하기가 구차스럽다.

옥심의 어깨 위에 고요히 손을 얹었다. 옥심이는 절에 간
색씨처럼, 사내가 하는 대로 그의 곁에 뽀듯이 다가앉았다.
그러나 놀란 비둘기같이 가슴의 고동은 갑자기 더
높아졌다.

어스름 봄달은 그들의 등을 고요히 비쳐 주고, 물결은
발밑에서 한가롭게 철썩거렸다. 그리고 먼 성뚝 위에서는
뻐꾸기 소리가 구슬프게 뻑국뻑국 높았다 낮았다, 그들의
마음을 더욱 들쑤시었다. 시내 아래쪽에는 커다란
바윗돌들이 마치 기괴한 짐승처럼 달빛에 졸고, 흰 구름
둥실 뜬 먼 하늘을 향하여 명매기도 짝을 지어 낄 낄,
봄밤을 못 잊으며 울고 갔다.

그들은 밤이 꽤 이슥해서 그곳을 떠났다.

5

---

*뽀듯이 : 빠듯이.
*명매기 : 귀제비(제빗과의 여름 철새).

톡, 톡, 톡!

하루도 빼지 않고 새벽마다 떨어 대는 시아버지의 담뱃대 소리에, 옥심이는 깜짝 놀라 잠이 깨이었다. 그러나 먼동이 트려면 아직 멀었다.

옥심이는 이불 밑에 옹송거렸던 몸을 주욱 뻗으며 기지개를 한 번 쓰고는, 얇은 자리옷으로 반만큼 덮인 한쪽 다리를 들어 이불 위에 내던지고 돌아누우면서, 곁에 자는 수복의 얼굴을 무심코 들여다보았다. 그리고, 그의 땟국 얼룩이 진 얼굴을 고이 쓰다듬어 준 다음 다시 몸을 반듯이 돌리고는 우두망찰하게 허공을 쳐다보았다.

몸은 풀죽은 행주같이 늘어져 나른한데, 지난밤 일이 꿈인 듯 또 머리를 쳐들었다. 병 든 남편을 위해서 몇 해 동안이나 꼿꼿이 과부와 같은 생활을 해오다가, 그만 우연한 동기로 말미암아 그렇게 허술히 정조를 무너뜨린 것이 적이 안타깝기도 하였으나 또 달리 생각해 볼 때에는 그까짓 쓸데없는 인정이니 의리니 하는 곰팡내 나는 인습에

---

*우두망찰 : 정신이 얼떨떨하여 어찌할 바를 모르는 모양.

얽매여서, 두 번 없는 인생을 망치는 것보다는 오히려 그렇게 하는 것이 영리하다기보다 옳은 일 같기도 하였다. 그러나 옥심이는 과연 자기에게 선뜻 안을 따라 나설 용기가 있을까 의심하였다. 아니, 도저히 그런 행동이 취해질 것 같지 않았다.

그날 낮, 옥심이는 뒤숭숭한 가슴을 안고 내 건너 남편의 움막을 찾아 갔다. 벌건 대낮에도 사립문을 꼭 닫아 두고서 등짐장수 밥 짓듯 시커먼 뚝배기에 쓴너삼 뿌리를 달이고 있던 천수는, 아내가 그렇게 한낮에 찾아온 것을 의외로 알고, 또 덜 좋아하였다.

"멀 하러 왔어?"

온 사람 정도 모르고 퉁명스럽게 해 던졌다.

"놀러 왔어요."

옥심이는 적적한 웃음을 띠었다.

"흥, 팔짜 좋군! 가서 밭이나 매라우."

천수는 귀치 않는 듯이 코웃음을 치고는 쳐다보지도 않았다.

"………."

"어서 가!"

천수는 약 화로에 부채질을 하면서, 연방 더 시무룩해졌다. 뚝배기에서는 메쓱메쓱한 쓴너삼 내음새가 모락모락 올라오는 김과 함께 풍겼다.

옥심이는 남편의 그렇게 차디찬 태도가 다소 원망스럽지 않은 바도 아니었지만, 그보다 불쌍한 생각이 앞서서, 넋 잃은 사람처럼 우두커니 남편의 하는 대로만 바라보고 있을 따름이었다.

천수의 얼굴에는 아직도 지난날의 그림자가 어렴풋이 남아 있었다. 그러나 빛깔은 무섭게도 검노르게 시들어졌다. 그는 문둥이다.

옥심이가 그와 결혼을 한 것은 지금부터 칠 년 전. 그래서 지금 다섯 살 되는 수복이를 낳던 그해 봄부터 천수는 앓기 시작했다. 처음에는, 어릴 때 논에 뜨거운 쇠죽을 지고 가다가 불행히 통 밑바닥이 빠져서 데인 자리가 새삼스럽게 덧나더니, 그것이 꼬투리가 되어서 결국 무서운 병이 되고 말았다. 그리하여 그것이 동네 사람들에게 알려지자, 시대가 시댄지라, 그는 하는 수 없이 지금의 움막으로 쫓겨나듯이 옮겨온 것이었다. 그러나 그는 이를 악물고 병만 고칠 생각이지, 아내까지도 만나기를 싫어하였다.

"가라는데 왜 안 가고 있어?"

그는 무섭게 눈을 흘기며 못마땅한 듯이 아내를 노려보았다.

"저가 있으면 어때요?"

"안 돼! 가, 어서!"

"글쎄요, 있으면 어때서 그래요. 저야 가나오나 일반이죠."

옥심이도 말끝이 약간 비쭉해졌다.

"쳇! 집에서 또 무슨 속상한 일이 있었나부다. 그러지

---

*쇠죽 : 소에게 주려고 먹이로 짚, 콩, 풀 따위를 섞어 끓인 죽.
*꼬투리 : 여기서는 어떤 이야기나 사건의 실마리.

말고 어서 가!"

천수는 그만 귀치않는 듯이 제 방으로 들어가 버렸다. 옥심이가 화로에 숯을 두어 개 더 깨 넣고 불을 보고 있으니까,

"어디, 여기 좀 와봐."

뜻밖에 소리를 낮춰서 불렀다. 옥심이는 무슨 영문인지도 모르고, 방문 앞으로 가 보았다.

"왜, 가라니 안 가고 어름거려? 가기 싫거든 이리 좀 들오게!"

옥심이는 남편의 눈치가 조금 수상스러웠으나, 설마 그리리 짐작하고 방 안으로 들어갔다. 그리고 매캐한 냄새가 코를 푹푹 찌르는 우중충한 방 안을 한번 빙 둘러보고는 자리에 앉았다. 거림[그을음] 앉은 서까래가 죽은 구렁이처럼 구불구불 드러나 있는 천장에는, 어지럽게 거미줄이 얽히고, 거칠게 바른 흙벽조차 군데군데 헐어져서, 낡은 삿자리 위에 여기저기 매흙이 떨어져 있는

꼴이 아무리 보아도 사람이 사는 방 같지는 않았다.

천수는 오뚝하게 모으고 세운 두 정강이를 깍지 낀 팔로써 우겨 안고, 아래쪽에 우두커니 앉아있을 뿐 좀처럼 말이 없었다. 옥심이는 이윽히, 그의 입에서 무슨 말이 나올는지 짜장 궁금히 여기다가, 마침내 자기가 먼저 입을 떼었다.

"인제 좀 나아요?"

천수는 잠자코 고개만 두어 번 가로흔들어 보였다.

"왜 그다지도 약효가 아니 날까요? 돈도 약도, 없는 터전에 그만큼 썼거니와, 우선 아버님과 저가 캐다 드린 쓴너삼 뿌리만 하더라도 짐으로 몇이나 될 텐데……"

"글쎄 말야."

천수는 떡심 풀린 입맛을 다시었다.

"약도 약이지만, 그동안 당신이며 집안사람들이 겪은 고생이며 설움인들 여북하겠어요. 모진 놈의 병도 있지!"

옥심이는 한 쪽 정강이를 세우고 앉은 채, 비둘기같이

*삿자리 : 갈대를 엮어서 만든 자리.
*매흙 : 벽 거죽을 곱게 바르는 데 쓰는 흙.
*떡심 풀린 : 낙담하여 맥이 풀린.

부드러운 소리로써 중얼거렸다.

"아아니, 병이 모질다기보다, 원수의 목숨이 모질어서 그렇지! 그만 뒤어졌으면 좋을 텐데……."

"무슨 말씀을 그러시오? 목숨이란 건 하늘에 매였다는데."

"하늘 아니라, 그보다 더한 것에 매였다 하더라도 쓸데없는 목숨이면 살아서 뭘 해!"

하고 남편은 뼈만 남은 주걱턱을 더디게 떠죽거리며 말소리를 적이 높였다.

" —— 차라리 죽고 말 일이지! 이 이상 더 집안사람들과 나 자신을 망신시키고, 설움 보이고, 고생시킬 낯이 또 어디 있겠어?"

"그렇지만……."

"그야 생각할수록 맘에 걸린다기보다 한되는 것을 말하자면, 이루 다 들 수가 없겠지만, 낫지 않을 병인 이상 살아서 그 공 못 갚을 바에야 차라리 죽어서 걱정이나

---

* **여북하다** :'얼마나', '오죽', '작히나'의 뜻으로 언짢거나 안타까운 마음을 나타낼 때에 쓰는 말.
* **떠죽거리다** : 잘난 체하고 되지 못한 소리로 자꾸 지껄이다.

덜어주는 게 옳지."

옥심이는 말문이 막힌 듯이 잠자코 남편의 입만 어이없이
바라보았다.

"그러나, 목숨이란 정말 모진 것이야."

하고, 천수는 말을 계속하였다.

"나도 이놈의 병이 들기 전에는 문둥이를 볼 때마다 왜
죽지 못하는지 하고 욕을 했더니, 사실 내가 그런 병이 들고
보니 그것들의 마음을 가히 알겠거든. 문둥이의 목숨도
성한 사람의 목숨과 마찬가지란 말야. 그리구 생각도.
세상이 천대하면 할수록 살고 싶은 생각이 더 꿋꿋하게
나더구나……. 그야 나도 여러 번 독약을 손에 쥐어도
보았지만, 그것 다 뜻대로 안 되더군. 사람이란 내일에 속아
산다는 말이 있지만, 문둥이도 그래. 오늘이나 나을까,
내일이나 덜할까? ── 하는 사이에, 나도 어느덧 오
년이란 긴 세월을 자개 속의 게같이 살아오며, 결국 자네
신세까지 망쳐 놓았지만, 지나고 보니 모두가 내 잘못, 모진

목숨의 탓이야. 그러나 인젠 그리 멀지 않을 거야."

천수는 마치 사과나 하는 듯이 아내의 손목을 잡으며 한숨을 쉰다.

지긋지긋한 침묵——. 옥심이는 못 이기는 듯이 손을 잡힌 채 엉세판을 겪어 오느라고 애면글면 터덕거린 자취가 앙상하게 남은 얼굴에 또 한 줄기의 눈물을 디루었다.

"옥심이!"

이윽고 그를 쳐다보는 남편의 눈에는 별안간 이상한 빛이 얼른 지났다. 제 남편이면서도, 옥심이는 불안한 생각이 불쑥 들었다.

천수는 약간 떨리는 듯한 팔에 점점 힘을 주면서 아내를 지긋이 당겼다. 옥심이는 당황히 물러앉으면서, 손을 빼려고 했다.

"싫으냐?"

천수의 숨소리는 불시에 커졌다. 마치 성낸 황소처럼. 그리고 옥심의 또 한손을 마저 잡으려 할 즈음에, 공교히

---

*엉쇠판 : 엉세판. 매우 가난하고 궁한 판.
*애면글면 : 몹시 힘에 겨운 일을 이루려고 갖은 애를 쓰는 모양.

수복이란 놈이 어디서 엉엉 울며 찾아 왔다.

그것을 다행으로 옥심이는, 겨우 손을 빼어 가지고 밖으로 나왔다.

"왜 울어?"

옥심이는 아직도 두근거리는 가슴을 누르면서 수복의 곁으로 다가섰다.

"왜 우느냐 말야?"

"애들이 때려요"

수복이는 울음 반, 말 반이다.

"왜?"

"문둥이 애라면서……."

옥심이는 그만, 말은커녕 숨이 탁 막힐 듯했다.

"오냐 그렇다! 네 아비는 문둥이고 여기는 문둥이가 사는 집이다. 냉큼 가거라! 다시는 모두 내 눈 앞에 보이질 말아라!"

뜰에 있는 사람이 식겁을 하도록, 문을 부서지라고

열어젖뜨리며, 남편은 고래고래 고함을 쳤다.

놀란 수복이는 갑자기 울음소리를 거두고 눈만 휘둥글해지며 어미의 치맛자락을 덥석 거머쥐었다. 쑥대강이 같은 머리밑까지 진땀이 배이고, 입가엔 콧물 눈물이 뒤엉킨 그의 때 묻은 옷고름에는, 푸석푸석 마른 삘기가 제 손으로 반 웅큼가량 매달려 있었다.

"냉큼 다 가거라! 나는 문둥이다. 다시는 인제 내 곁에 오지들 말아라!"

천수는 화를 못 이기는 듯이, 두꺼비처럼 배를 불룩거리며 흘겨보았다. 옥심이는 남편이 화를 내는 원인을 모르는 배 아니지만, 그냥 모르는 척하고, 수복이를 등에 업기가 바쁘게 그 곳을 물러 나왔다.

6

＊**쑥대강이** : 머리털이 마구 흐트러져 어지럽게 된 머리.
＊**삘기** : 띠의 어린 순.

그 뒤부터, 옥심이는 남편에게 밥을 가져다주는 것까지 주저하였다. 아니 저어하였다.

"제 사내 밥 심부름을 싫어하는 년이 있나 온? 그럼 누구더러 가져다주란 말인가?"

시어머니는 방구석에서 코끝도 내놓지 않고, 그저 옹알거리기만 했다. 그러나 시아버지는 옥심의 마음 속을 대강 눈치챘던지, 틈만 있으면 손수 가져다주었다.

만약 옥심이가 가져갈 때에는, 반드시 수복이를 더불고[데리고] 갔다. 그럴 때마다 천수는 애초부터 방문을 열어도 보지 않거나, 그렇지 않으면 옥심이가 돌아 서기가 바쁘게 밥함지를 마당으로 팽개쳐 엎었다.

그처럼 천수는 저번 달 그런 일이 있은 뒤부터는, 말이며 태도가 갑자기 사나워졌다. 그리고 마침내 병에도 낙담이 되었던지, 전날처럼 약도 또박또박 쓰지 않았다. 천수의 그와 같이 내던진 태도는 옥심이로 하여금 퍽이나 슬프게도 하였지만, 한편으로는 도리어 그의 흥뚱항뚱한 마음에

---

*밥함지 : 밥을 담는 데 쓰는 함지. 또는 밥을 담아 둔 함지.

반사적으로 아주 딴 생각도 북돋우어 주게 되었다.

옥심이는 다시 신작로 공사장에 일을 하러 다니기 시작했다. 물론 이번에는 부역이 아니고 바로 돈벌이였다.

시아버지는 안심치 않아서 처음에는 몇 번쯤 말리어도 보았지만 며느리의 간청이라 혹시 그 편이 며느리의 마음에 조금이라도 위로되는 일인가부다 생각하고, 나중에는 구태여 말리지도 않았다. 옥심이는 아침 일찍부터 저녁 늦게까지 만두 할머니와 함께 돌자갈을 팠다. 물론 삯이야 도무지 말도 아니 되지만, 그까짓 것은 애초부터 문제가 아니었다. 어째도 좋았다. 그리하여 옥심이는 가끔 저녁이면 안십장을 따라서 냇가를 거닐었다. 미친 것처럼 이슬에 치맛자락이 젖는 줄도 모르고. 물론 만두 할머니도 눈치는 채었지만, 알고도 모르는 체하였다.

그러나 돌아오는 것이 늦으면 늦어질수록, 집에서는 옥심이를 점점 의심하게 되었다.

"뭘하고 인제 와?"

---

*흥뚱항뚱 : 어떤 일에 정신을 온전히 쓰지 아니하고 꾀를 부리거나 마음이 들떠 행동하는 모양.

시어머니가 꼬집고 뜯듯이 물으면,

"만두네 집에 들렀다 왔어요."

옥심이는 대범하게 얼러맞추었다.

"만두네 집에는 무슨 볼 일이 그리 많은가? 무슨 금덩이라도 묻어 뒀나?"

시어머니가 끝내 앙칼지게 나가면, 옥심이는 그만 입을 다물고 새무룩해질 뿐이다. 그런 다음에야 시어머니야 뭐라고 게걸거리든, 그저 신청부같이 제 방에만 들어가 버리면 그만이다. 시아버지는 원래 천성이 태평이라, 며느리가 일찍 돌아오면 일찍 오는가 부다, 늦도록 안 오면 그저 아들의 밥이나 가져다 줄 따름이지, 아내처럼 미주알고주알 캐지는 않았다.

그러나 세상일을 누가 보증하랴? 싸고 싼 향내도 난다는 격으로, 옥심의 일도 그만 하루저녁 사이에 탄로가 나고 말았다.

그가 역시 안심장의 뒤를 따라서 냇가를 더듬어 내릴

***얼러맞추다** : 그럴듯한 말로 둘러대어 남의 비위를 맞추다.
***미주알고주알** : 아주 사소한 일까지 속속들이.

때였다. 공교히 그들의 뒤에 돌연히 사람 그림자가 하나 우뚝 나타났다. 찬물을 집어쓴 듯이 놀란 그들은, 서로 쳐다보기가 바쁘게, 고양이처럼 허리를 웅크리고 바위 사이를 날렵하게 빠져 달아났다.

"예끼, 연놈들! 가긴 어딜 가니? 가만 게 있어!"

뒤에서 우람스런 호통 소리가 터지고, 커다란 돌덩이가 그들의 발 앞에 벼락 치듯 떨어졌다.

"요오시(어디보자)!"

안은 순간 발을 멈추었으나, "안 돼요! 남편이여요." 하고 옥심이가 꿋꿋이 말리는 바람에, 그만 못 이기는 듯이 다시 달음질을 쳤다.

"예끼, 연놈들! 정 거기 못 섰겠니?"

뒤에서는 걸쌈스런 위협 소리와 함께 연방 돌덩이가 날아 닥쳤다. 앞선 그들은 흘금 흘금 뒤를 돌아보면서, 손을 맞잡고 내달렸다. 옥심이가 몇 번이나 넘어질 뻔하는 것을 안은 손싸게 껴안아 가며, 바위틈을 타 내리고 여울목을

*걸쌈스럽다 : 보기에 남에게 지려고 하지 않고 억척스러운 데가 있다.

성큼성큼 뛰어 건넜다.

"아이구, 내 죽는다——."

급기야 뒤에서 먼저 외마디 소리가 났다. 아마 돌 틈에 내꽂힌 모양이었다. 그러나 쫓기는 남녀는 들은 체 만 체, 공교로이 냇가를 빠져 나와서 우묵한 보리밭 속으로 기어 들어갔다. 마치 선불 맞은 돼지 새끼처럼. 그리고 한참 네발걸음을 치다가, 드디어 보릿골 사이에 납작하게 앉아서 숨소리를 죽였다.

"죽일 연놈들, 어디로 사라졌냐?"

다시 일어나서 뒤를 밟는 천수의 미친 듯 헐떡거리는 숨소리가, 선뜻하게 그들의 코앞을 지나갔다.

이윽고, 그들이 보릿대 사이로 살며시 고개를 내밀었을 때,

"에끼 화냥년! 너가 가면 몇 발이나 갈 줄 아니?"

천수는 한쪽 다리를 절뚝거리면서, 으스름한 냇가를 잇달아 내쫓고 있었다. 역시 쓸데없이 돌을 내던져,

---

*선불 맞은 : 어설픈 타격을 받은.

풍덩풍덩 헛물만 치면서.

남편의 그 우습고도 추근추근한 꼴이 보이지 않게 되었을 때, 옥심이는 겨우 마음을 가다듬고, 안을 따라 일어섰다. 땀과 이슬에 옷은 함빡 젖어, 풀죽은 치맛자락이 아직도 부들부들 떨리는 듯한 그의 종아리 짬에 징그럽게 휘감겼다.

"어쩌면 좋겠어요?"

옥심이는 걱정스럽게 물었다.

"뭐 어쩔 게 있나요. 언제라도 한번은 탄로가 나고야 말 것인데! 인젠 박부득이 이곳을 떠나야죠."

안은 벌써 결심이 다 된 대답이다. 두 사람은 필 대로 다 핀 보릿대를 헤치고, 다시 으슥한 냇가로 나왔다.

옥심이가 안을 저만큼 뒤세우고 자기 집 울타리 밖에 살짝 왔을 때는 밤도 이미 이슥한 뒤였지만, 허방을 짚은 남편의 분하게 퉁퉁거리는 소리가 아직도 야경스럽게 들렸다.

---

*추근추근하다 : 1.성질이나 태도가 검질기고 끈덕지다. 2. 매우 축축하다.

"더러운 년 같으니! 난질을 해도 분수가 있지, 사지를 째어 놓을 년!"

삼이웃이 다 알도록 떠들어 댔다.

"난 처음부터 그년의 눈치를 대강 알아 봤어. 그년이 웬걸 일이 하고 싶어서 신작로 역사를 갔을 게라구? 그저 제 맘이 꼴리니 제 길 제 닦으러 간 게지 뭐."

시어머니도 기가 펄펄하게 등달아 야단이다.

옥심이는 실인즉 어떻게 옷이나 갈아입었으면 하고 와 본 것이지만, 판세가 판세라, 그렇지 않아도 데인 가슴에 도리어 겁만 더 집어먹고서, 그만 입은 그대로 안을 따라 도망질을 나섰다.

7

옥심이가 떠난 뒤, 그의 시집은 걷잡을 수 없이 더 망해

---

*허방을 짚다 : 1.발을 잘못 디디어 허방(땅바닥이 움푹 패어 빠지기 쉬운 구덩이)에 빠지다.
　　　　　　 2.잘못 알거나 잘못 예산하여 실패하다.
*야경스럽다 : 밤중에 떠들썩한 듯하다.　　*삼이웃 : 이쪽저쪽의 가까운 이웃.

들어갔다. 천수의 병은 될 대로 다 되어 버리고, 시어머니는 줄곧 잔병치레만 하고 누워서 세월을 보내니, 아무리 시아버지 허서방 혼자서 똥줄이 빠지게 터덕거려 봐도 도무지 폭이 맞질 않았다.

게다가 설상가상으로, 옥심이가 떠나고 닷새도 못 지나서, 근 십 년이나 부쳐 오던 절논 —— 그 논 까닭으로 신작로 부역까지 나간 백암사 논이지만—— 너 마지기까지 턱없이 중에게 떼이었으니, 뭐 도무지 말이 못 되게 옹색해졌다. 그리 되고 보니, 논이라곤 인제 팔다 남은 별똥지기가 겨우 손바닥만 하게 처졌을 뿐. 그것으로 많은 식구가 살아 나간다는 것은 철부지한 농촌 지도원들의 잠꼬대지, 아예 안 될 말. 제 아무리 물신선 같은 허서방일지라도 속이 졸리지 않을 수가 없었다.

그러나 허서방은 이렇게 두 발목에 무거운 쇠사슬을 얽맨 듯하고, 애면글면 억판을 허덕거리면서도, 겉으로는 여전히 만고태평이다.

---

* **별똥지기** : 천둥지기. 하늘바라기. 빗물에 의하여서만 벼를 심어 재배할 수 있는 논.

"이러다가 말경에 어떻게 허실 테요?"

마누라가 푸념을 시작하면 그는 으레,

"사는 대로 살지 뭐. 설마 산 사람의 입에 거미줄 치겠어!"

"참, 속도 알 수 없다. 남자가 돼서 어찌 저렇게도 맘이 허무할꼬 온!"

"허무 않으면 어떻게 해? 무슨 별 수가 있담? 이놈의 세상을 고치기 전에는, 제에기, 한동안은 제법 보천교니, 무슨 당이니, 갈라 먹는 세상이니 뭐니 하고 떠들썩하더니만…… 요즘은 그놈의 정감록도 아마 쓸데가 없는 모양이지!"

허서방은 선하품만 할 따름이었다. 그리고 어쩌다가 남의 일이라도 가서, 팔자에 없는 술잔이나 걸치고 오는 저녁이면, 그만 방이 비좁게 큰 대짜로 뻗치고 누워서, 불밤송이 같은 수염을 들썩거리며, 만고강산을 혼자 가느니 어쩌느니 하고 노래도 아닌 것을 한참 엉얼거리다가는, 저도 모르게 그만 쿨쿨 쇠잠이 들어 버린다. 그러나 설령

---

*억판 : 매우 가난한 처지.
*선하품 : 몸에 이상이 있거나 흥미 없는 일을 할 때에 나오는 하품.

그러한 때라도 먼동만 트이면 누구보다도 먼저 일어났다. 마치 그것이 근 오십 년 동안을 하루도 빼지 않고 지켜 온 철칙(鐵則)이나 되는 듯이.

그는 안심장을 따라간 며느리를 구태여 원망하지도 않았다. 아무렇게나 차려다 들이미는 밥상을 대할 때마다, 떠나간 며느리의 그 찬찬한 솜씨가 새삼스럽게 생각 아니 나는 바도 아니었지만, 그렇다고 해서 안을 따라가 어느 공사장에서 밥장사를 시작해서, 제법 재미를 보며 오붓하게 살아 나간다는 며느리의 소식을 풍편에 들었을 때에도, 결코 아내처럼 박하게 미워하지도 않았다. 모든 것을 오히려 자기 자신의 불우한 팔자로만 돌렸다.

이렇게 해서 날이 가고 달이 바뀌고 하는 동안에 천수는 마침내 양잿물까지 먹어보았으나, 불행히 죽어지지도 않고 가을철이 되었다. 그러나 금강산도 식후경이라고, 거둘 것 없는 천수의 집에는 가을이 와도 아무런 기쁨도 없었다. 아니 이미 보리 양식조차 떨어진 뒤라, 도리어

*불밤송이 : 채 익기도 전에 말라 떨어진 밤송이.
*쇠잠 : 깊이 든 잠.

삼순구식(三旬九食)의 잔인한 운명이 그들을 향하여 아가리를 벌렸을 뿐이다.

허서방은 자고새면 남의 일을 다니고, 마누라는 밤낮 방구석에서만 고양이처럼 옹알거리기만 했다. 그러고 두 딸애는 아직 철도 채 안 든 것들이, 벌써 다라지게 땔나무를 해 온다, 밥을 짓는다 해서, 집안일을 안아맡고, 수복이는 천하 천더기가 돼서 옷도 헐벗을뿐더러 어쩌다가 끼니때를 놓치면 으레 밥도 못 얻어먹고서, 주린 개새끼처럼 할금할금 집안사람들의 눈치만 엿보았다.

그러한 어느 날, 천만 뜻밖에 옥심이가 조그만 보퉁이 하나만 들고서 되돌아왔다. 천수의 집에 있을 때보다는 훨씬 얼굴이 푼더분하고 옷골도 꽤 말쑥하였다.

옥심이는 보퉁이를 마당가에 내던지기가 바쁘게 주린 짐승같이 수복이를 와락 끌어안고는, 미친 것처럼 느끼기 시작했다. 막혔던 홍수가 갑작스레 동[桐]을 박차고 쏟아지듯이 오랫동안 눌러오던 감정이 불시에 터질 구멍을

---

*삼순구식 : 삼십 일 동안 아홉 끼니밖에 먹지 못한다는 뜻으로, 몹시 가난함을 이르는 말.
*다라지다 : 여간한 일에 겁내지 아니할 만큼 사람됨이 야무지다.　　*천더기 : 천덕꾸러기.
*푼더분하다 : 생김새가 두툼하고 탐스럽다.　　*옷골 : 옷거리. 옷을 입은 맵시.

찾은 것 같았다. 물론 옥심이에게는 벌써, 곁에 누가 있든 없든, 또 남이야 비웃든 말든, 아랑곳 할 배 아니었다. 다만 수복의 굴왕신같은 낯바닥에 자기의 눈물 얼굴을 맞대고 비빌 뿐이었다. 수복이도 오래 떨어졌던 어머니라 반가운 정이야 여북 컸으랴마는, 어머니의 우악스런 태도에 무슨 영문인지를 모르고, 그저 얼떨한 채 어머니의 하는 대로만 맡겼다.

"수복아!"

옥심이는 꿈이나 아닌가, 아들의 얼굴을 보고 또 보았다. 그리고 목메인 소리로써,

"엄마 얄밉지?"

그러나 수복이는 그 말귈랑 알아들을 수 없고, 갑자기 자기도 눈물을 글썽 담으며, 대답이라고 하는 것이,

"엄마! 인제 가지 마!"

하고, 도리질을 하였다.

그때야 마침내 안방 문이 탁 열리며, 시어머니가 새파란

---

*굴왕신같다 : 굴왕신은 무덤을 지키는 귀신으로 몸치레를 하지 않아 모습이 매우 남루하다. 여기서는 찌들고 낡아 몹시 더럽고 보기에 흉하다는 뜻.

얼굴을 내밀었다.

"이년아, 뭘 하러 이집에 또 왔어?"

칼날 같은 말이 쏟아지기 시작했다.

"어서 나가거라, 뵈기 싫다! 이 돌팔이 같은 화양잡년아!"

그러나 이보다 더한 것도 이미 각오하고 온 옥심이다.

"왜 안 나가니, 이년아! 어서 나가거라! 그만큼 이집 망신을 시켰으면 됐지, 또 뭘 하러 도로 왔어? 이 모진, 벼락 맞아 죽을 년아!"

시어머니는 이를 아드득아드득 갈아 붙이면서, 물 퍼붓듯이 후욕패설을 해 던졌다.

그래도 옥심이는 수복이를 품에 안은 채, 화석처럼 고개를 숙이고 가만히 서 있었다.

"저런 뻔뻔한 년 같으니, 그래도 썩 안 나갈 테야? 맞아 죽기 전에 냉큼 나가거라!"

시어머니는 짐짓 어른 틀거지를 내보이며 아주 쥐 잡듯이 닦아 세더니, 그만 기가 다 된 듯이 이번엔 마루턱에 앉아

---

*후욕패설 : 꾸짖어서 욕하는 나쁜 말.

있는 딸년들을 내쫓으며,

"이년들아 너인 무슨 구경삼아 보고 있니? 빨리 가서 네 오빠나 데리구 와!"

그러나 그 말이 미처 끝나기 전에 천수는 어디서 벌써 소문을 들었던지, 한쪽 다리를 질질 끌며 들이닥쳤다.

"그년 어디 있어요?"

하기가 바쁘게, 천수는 옥심이를 향해서 게걸음을 쳤다. 그리고선 짚고 온 대막대기를 휘두르더니, 몰강스럽게 옥심의 아랫동아리를 후려 갈겼다.

"에구머니!"

하고, 옥심이는 수복이를 안은 채 사정없이 넘어졌다.

"죽어라, 이년아!"

눈도 뜰 새 없이 개 잡듯 한 물매질이 연해 시작되었다. 낯바대기든 어디든, 옥심의 몸에는 순식간에 푸른 줄이 애처롭게 주욱 죽 드러났다. 그러나 옥심이는 이를 악다물고 좋이 매를 받았다. 죽어도 좋다는 듯이. 그리하여,

---

*틀거지 : 듬직하고 위엄이 있는 겉모양.
*몰강스럽다 : 인정이 없이 억세며 성질이 악착같고 모질다.
*물매 : 뭇매. 모둠매. 여기서는 한 사람이 여러 개로 많이 때리는 매.

옥심이가 거의 죽었다시피 늘어졌을 때, 천수는 곁에 있는 보퉁이를 마저 걷어 차버리고는, 제 바람에 부치어서 그만 뒤로 털썩 주저앉기까지 하였다. 그러나 그는 번개같이 일어나서 다시 매를 치켜들었다.

"백 번 죽여도 아깝잖을 년! 그처럼 못 견뎌서 난질을 나간 년이 왜 또 들어왔어? 이 더러운 구렁이 같은 년! 나가거라 빨리!"

천수의 독한 매는 또 한번 옥심의 늘어진 허구리를 끊어지라고 갈겼다.

"어서 그년 몰아내라! 남 부끄럽다. 뵈기 싫다!"

시어머니는 말릴 줄은 모르고, 짜장 시원한 듯이 아들을 부추기었다. 겁을 먹은 수복이는 울타리 곁에서 경풍 앓는 애처럼 왈왈 떨며 울어 대고, 옥심이는 늘어져 누운 채 맞은 자리만 실룩거렸다.

사립문 밖에는 어느덧 철없는 애새끼들이 구경이라고 모여 서고, 솔가지로 얽맨 울타리 구멍으로는 온 동네

---

* **낯바대기** : '낯'을 속되게 이르는 말.
* **허구리** : 허리 좌우의 갈비뼈 아래 잘쏙한 부분.
* **경풍** : 어린아이에게 나타나는 증상의 하나. 풍(風)으로 인해 갑자기 의식을 잃고 경련하는 병증.

여자들이 서로 들여다보려고 야단이었다.

"나가거라, 이 망할 년아!"

급기야 천수는 아내의 한쪽 다리를 텁석 치켜들고는, 개 끌듯이 끌었다.

"아이고 수복아, 수복아!"

옥심이는 그제야 외마디 소리를 지르면서 끌리지 않으려고 두 손에 힘을 주어 땅바닥을 긁는다.

"너 여의고 못 살겠더라……."

그때 마침, 산에 갔던 허서방이 집채만 한 나뭇짐을 해서 지고, 사립문을 들어섰다. 그는 심상치 않은 뜰 안 광경을 우두커니 바라보더니, 이내 낌새를 챈 듯이, 아무렇게나 나뭇짐을 벗어 던지고는 뚜벅뚜벅 아들의 앞에 다가서며,

"그게 누구냐? 왜 그러니?"

허서방은 부러 놀란 빛을 숨기며 대범하게 물었다.

"이년이 되돌아왔어요. 죽일 년 같으니!"

"응, 수복 어미로군!"

---

*신풍스럽다 : '신청부같다'의 잘못.

허서방은 돌아온 며느리를 잠깐 굽어보더니, 다시 아들을 향해서

"너 그손 얼른 떼렸다!"

"못 놓겠어요."

아들은 연해 끌었다.

"떼라면 곧 떼어야지!"

허서방의 뚜렷한 눈에 불같은 것이 번쩍하였다. 그는 못마땅한 듯이 아들의 손을 확 뿌리쳐 버리고서, 며느리를 안아 일으켰다. 그러나 옥심이는 다시 시아버지의 무릎 앞에 힘없이 쓰러지며,

"아버님! 죄 많은 년을……."

옥심이는 말을 마치지 못하고 흑흑 느끼기만 하였다.

"왜 도로 왔어?"

허서방의 말은 너그러운 듯 하면서도 엄한 곳이 있었다.

"수복이를 못 잊겠어요……."

옥심의 느낌은 더욱 커졌다. 기다란 한숨이 줄곧 터져

올랐다.

허서방은 그렇게 되리라고 생각하던 것이 결국 그렇게 되었다는 듯이, 고개만 두어 번 끄덕거리고는, 다시 며느리를 추어 일으켰다.

"아이고 저런 웅천 좀 봐! 그만 또 속는구먼. 애도 곤도 없는 바보지 뭐야!"

마누라의 빈정거리는 소리가 들리자, 허서방은 곁에 있는 지게작대기를 들어서 안방 쪽을 보고 핑 내던졌다.

"예끼 가살이 같은 년!"

작대기가 밀창살을 지끈 부수고 방안으로 튀어 들어가자, 아내는 그만 쥐 죽은 것같이 끽소리가 없어졌다.

그러나 천수는 참다못해 아버지에게 와락 덤벼들며 옥심이를 몰아내려 했다.

"이놈이 미쳤나!"

허서방은 아들을 힘대로 떠밀어 버렸다. 천수는 두어 발이나 나가자빠지면서,

---

*애도 곤도 없는 : 속마음이나 배짱이 없는.
*가살이 : 말씨나 행동이 가량맞고 야살스러움. 또는 그런 짓. 가살을 부리는 사람.
*밀창살 : 미닫이창살.

"그 더런 잡년을 이집에 또 두겠단 말씀요? 집안이 망하려니 참…… 안 되어요, 안 돼! 내가 죽었으면 죽었지 그년은 기어이 내쫓고 말거애요!"

천수는 연방 악담을 하며, 분에 받쳐서 전신을 와들와들 떨어 댔다.

"너가 가거라! 이 더러운 놈아! 그렇지 않으면 이 애비를 좋게 잡아먹든지? 전라도 소록도가 그렇게도 무섭더냐? 이 소 같은 놈아!"

평생 화를 잘 아니 내던 아버지의 커다란 눈에서 갑자기 시퍼런 불이 촬촬 떨어졌다. 그것을 본 천수는 그 팔팔하던 기가 금시에 탁 꺾이고, 그만 뿔 빠진 쇠상이 되어서, 원망스러운 듯이 아버지를 잠깐 쳐다볼 뿐, 다시는 두말도 못하고, 그곳을 물러 나갔다.

이윽고, 내 건너 천수의 움막에는 시뻘건 불이 활활 붙어 올랐다.

＊**뿔 빠진 쇠상** : 뿔을 빼 버린 소의 모양이라는 뜻으로, 지위는 있어도 세력을 잃은 처지를 이르는 말.

옥심이는 그 말을 듣자 별안간, 미친 듯이 일어서다가 쓰러지고, 쓰러져서는 다시 일어나려고 애를 썼다. 그러다가 시아버지에게 손을 맡기고 간신히 울타리에 몸을 의지한 채, 내 건너편을 바라보았다. 막집은 벌써 불덩어리가 되어 있었다. 하늘을 찌르는 듯한 불길을 등지고 떠나가는 남편의 뒷모습을 보자, 그는 다시 그 자리에 쓰러졌다.

허서방은 괴나리봇짐도 없이 어기적거리는 아들의 뒤꼴을 끝까지 지켜보다가, 혼잣말조로,

"제—기, 나도 문둥이나 되었더면, 차라리 소록도에라도 갈 것을!"

옥심이는 처음으로 시아버지의 눈에서 눈물이 뚝뚝 떨어지는 것을 보았다. 그는 그러한 시아버지를 떠나간 남편보다 더욱 가엾게 생각하고, 영원히 모시고 섬기리라고 굳게 마음 속에 맹세하였다.

김정한 소설가의 연보

1908년 (1세)

경남 동래군 북면 남산리(현, 금정구 남산동 663-2)에서 7남매의 장남으로 태어나다.

1919년 (12세)

범어사 명정학교에 입학하고, 3.1독립운동에 참가하다.

1923년 (16세)

서울 중앙고등보통학교에 입학하다.

1924년 (17세)

동래고등보통학교로 전학하다. 재학 중 맹휴에 참가하고, 민족적 울분을 표출하는 방법으로 문학에 눈을 뜨다.

1928년 (21세)

동래고보를 졸업하고, 울산 대현공립보통학교 교원으로 부임하다. 일본인 교사와 조선인 교사의 차별대우에 분개하여 조선인교원연맹 결성을 위하여 교사들에게 엽서를 보내다 피검되다.

1929년 (22세)

일본으로 건너가 동경제일외국어학원에서 수학하다. 이때 일본문학과 서양문학을 탐독하고, 이듬해부터 〈조선일보〉,

〈동아일보〉, 〈조선시단〉, 〈대조〉 등에 목원생, 김목원, 김추색 등의 이름으로 시를 다수 발표하다.

1932년 (25세)

일본에서 여름방학 때 귀향 한 후 경찰서 습격사건으로 경찰에 다시 피검되다.

1933년 (26세)

남해공립보통학교 교원으로 발령받아 가족과 남해로 이주하다.

1936년 (29세)

단편소설 「사하촌」이 조선일보 신춘문예에 당선되다. 하지만 사찰을 비방한 내용이라는 이유로 고향에 돌아와 테러를 당하다.

1940년 (33세)

교원직을 그만두고 동아일보 동래지국장을 운영하다.

1946년 (39세)

부산예술연맹위원회 회장에 피선되다. 4월에는 민간단체가 정부행세를 했다는 이유로 미군정에 피검되다.

1947년 (40세)

부산중학교 교사로 취임하고, 문화단체총연합회 부산지부장을 맡다.

1949년 (43세)

부산대학교에 출강하다. 경상남도 중등교사 자격심사위원으로 위촉되다.

1956년 (49세)

첫 창작집 『낙일홍』을 출간하다

1959년 (52세)

부산시문화상을 수상하고 부산일보에 논설, 칼럼, 수필 등을
발표하다.

1960년 (53세)

4월 혁명이 일어나고, 민주민족청년동맹이 주관한
〈민족통일대강연회〉에 강연하면서 통일운동을 확산시키는데 일조 함.

1965년 (59세)

단편「모래톱 이야기」를 발표하면서 활발한 작품활동을 벌이다.

1969년 (62세)

제6회 한국문학상을 수상하다.

1971년 (64세)

제13회 눌원문학상과 제3회 문화예술상을 수상하다. 창작집
『인간단지』를 간행하다.

1972년 (65세)

전국 지방국립대학교수협의회 회장에 피선되다.

1973년 (66세)

문고판『수라도·인간단지』가 출간되다.

1974년 (67세)

문인 61명 개헌서명에 동참, 부산대학교 정념퇴직하다.
『김정한소설선집』이 발간되고, 자유실천문인협회 고문을 맡으며
동회원 101명 개헌촉구서명운동에 동참, 민주회복국민회의
대표위원이 되다.

1975년 (68세)

한국소설가협회 대표위원에 위촉되고, 문고판 『수라도』가 출간되다.

1976년 (69세)

국제엠네스티한국위원회 고문으로 추대되다. 은관문화훈장 수여받다. 문고판 『모래톱 이야기』가 간행되다.

1977년 (70세)

문고판 『사밧재』와 『인간단지』가 간행되다.

1978년 (71세)

수상집 『낙동강의 파숫꾼』이 간행되고, 요산 김정한문학비(성지곡 어린이대공원)가 제막되다.

1984년 (77세)

요산문학상이 제정되고, 첫 수상자를 배출하다.

1985년 (78세)

수상집 『사람답게 살아가라』가 간행되고, 새로 결성된 5,7문학협의회 고문을 맡다.

1987년 (80세)

호헌철폐 요구 문인반대서명과 개헌촉구 33인 시국선언에 동참하다. 9월에는 민족문학작가회의 초대의장을, 12월에는 한겨레신문 이사가 되다.

1992년 (85세)

폐기종으로 부산대학병원에 입원하다. 6월에는 가톨릭 영세(영세명

요셉)를 받다.

1994년 (87세)

제8회 심산상을 수상하고 범어사 순환로에 김정한 문학비가 건립되다. 또 자선 대표작 『낙동강1·2 』와 『삼별초』가 간행되다.

1996년 (89세)

11월28일 타계하시다.

2003년

6월, 금정구 남산동 661-2에 생가가 복원되다.

2006년

11월, 생가 옆에 요산문학관이 개관하다.

2008년

10월, 탄생 100주년 요산선생 흉상이 문학관 뜰에 세워지다. 12월에는 김정한문학의 결정판인 『김정한전집』(전 5권)이 간행되다.

2010년

〈요산문학제〉를 〈김정한문학제〉로 명칭을 변경하고, 범시민 행사로 확대하다.